Katherine
Pancol

Jérôme
Pélissier

Concerto pour Harpe, chat et poney

hachette
JEUNESSE

Bonjour, je m'appelle la Harpe. J'ai 47 cordes. Des rouges, des bleues, des blanches. Quand je joue *do-ré-mi-fa-sol-la-si-do*, ça fait un bruit de perles qui roulent dans l'eau.

Je suis délicate, sensible, raffinée.
Sans me vanter, c'est la vérité.
D'ailleurs, je ne me vante jamais,
je suis très timide.
Je rougis au premier compliment.
Je sursaute au moindre tintement,
au plus léger éternuement.

Trouve un intrus bizarre
?
dans chaque page !

Je vis dans un hall d'hôtel.
Oui, vous avez bien entendu :
un hall d'hôtel !
Un vrai carambolage ! Tout le monde
se bouscule : des turbulents, des chenapans,
des élégants, un chat persan qui lit un plan
et même un sultan à califourchon
sur un poney blanc.
Ils renversent leur café.
Ils jonglent avec des oreillers.
Ils galopent sur les canapés.
C'est étourdissant !
Mais je dois m'interrompre :
on annonce une nouvelle
sensationnelle.

… l'arrivée de la princesse Fadièse.
Elle désire se reposer et boire un citron fumé. La princesse est très frileuse.
Elle porte de longs châles aux fils d'argent, des chaussettes ornées
de diamants chauffants et des moufles bouillottes.
Ça lui fait des mains de patapouf.

Le directeur de l'hôtel lui allume un feu
et elle s'assied sur un pouf près de la cheminée.
Oh ! là ! là ! Un feu dans la cheminée ! Très mauvaise idée !
Pourvu qu'elle ne me demande pas de venir près d'elle !
Quand il fait chaud, mes cordes s'effilochent
et cassent les unes après les autres.
Je n'aurai plus une seule note !
On me jettera dans le caniveau et je finirai en mille morceaux.

La princesse Fadièse se tourne vers moi.
« Venez dans mes bras, harpe jolie.
Je voudrais jouer une mélodie. »
Elle éternue et s'emmitoufle dans son châle.
« Remettez quelques bûches, s'il vous plaît », elle demande
à sa suivante qui a si chaud qu'elle vire au rouge radis.
Les flammes montent haut, haut, la cheminée s'embrase.
Le thermomètre explose.

J'ai tellement peur de fondre que je bégaie :
« Mais cococomment allez-vous vous joujoujouer
avec des bouboubouillottes aux mains ?
– Il convient de m'appeler Majesté,
elle dit d'une voix très douce.
– Oui, oui, Ma Tasse de Thé ! »

La suivante rouge radis fronce
les sourcils, offusquée.
Mais la princesse sourit.
Elle pose ses moufles bouillottes
si lourdes sur mes cordes si fragiles.
Cela fait slap-slap, et ça tape, tape.
Elle a l'air enchanté.

Le feu crépite de plus en plus fort.
« De grâce, Ma Pomme Râpée,
mes cordes vont fondre…
– Pomme râpée ! Elle rit.
Quelle étourdie !
– Pardon, Ma Crudité,
je ne vouvouvoulais paspaspas… »
Catastrophe ! Une corde saute !
Zdong ! Puis une autre !
Zdong ! Zdong !
Et une troisième !
Zdong ! Zdong ! Zdong !
Toutes mes cordes cassent.
On dirait qu'un ouragan
est passé et les a arrachées.

Le directeur de l'hôtel appelle le poney.
Il faut m'emporter très vite dans le jardin
pour me rafraîchir.
Le chat persan nous court après.
« Attendez-moi, les gars, m'oubliez pas ! »

Dans le jardin, le poney et le chat me regardent, désolés.
« Je me présente, dit le chat persan. Je connais toutes les rues aux alentours, les ponts, les impasses, les raccourcis, je suis un as de la géographie, et je m'appelle Nestor.
– Bon-bon-bonjour, Boule d'Or. Oh… je me suis encore trompée.
– Ce n'est pas grave, dit le poney. Moi, c'est Honoré.
– Enchantée, Gros-Nez ! Pardon ! J'ai encore bafouillé !
– Passons ! Il faut qu'on s'occupe de tes cordes pour que tu retrouves ta splendeur. Réfléchissons ! »

« J'ai bien une idée mais je ne voudrais pas vous déranger… je murmure en rougissant.
– Allez, du courage ! » dit le chat perché sur une citrouille en faisant des huit avec sa queue.
Je fais un effort et je me lance :
« Je connais… l'adresse d'une boutique de cordes.

Et… si vous pouviez m'y emmener…

– Montez sur mon dos et filons ! dit Honoré. Où allons-nous ?

– 4, rue Jean-Sébastien Bach. »

Nestor bondit sur la croupe d'Honoré en criant :

« Trop facile, je connais par cœur ! À l'assaut, compagnons !
Nous vaincrons ! »

Nous voilà partis à travers la ville.
Honoré hennit en guise de klaxon et tout le monde s'écarte.
Nestor le guide à l'aide de son grand plan et moi, je tressaute,
je cahote et frôle l'accident à chaque croisement.
« À gauche après le magasin de chapeaux ! Trop facile ! crie Nestor.
Oups ! Virage à droite avant le marchand de coquelicots ! Trop facile ! »

Enfin nous freinons devant la boutique de cordes.
Honoré souffle des naseaux et gratte du sabot.
Nestor déroule sa queue et je descends.

Le marchand me fait allonger sur un grand sofa.
Il coud, il recoud. Il m'accorde afin que je sonne juste.

Quelques minutes plus tard, je suis fringante.
Nous repartons en prenant tout notre temps.
Pas question de chuter en route !
« Comment vous remercier ? je demande à mes amis.
– On voudrait que tu inventes un concerto rien que pour nous.

– Rien que pour vous ?
– Un air extraordinaire avec des bruits de poney blanc, des bruits de chat persan, des bruits de course folle et de cordes qu'on rafistole.
– Trop facile ! » je dis en imitant Nestor.

J'improvise des notes dans ma tête.
Je fais bruisser mes cordes. Je fredonne
des clés de *sol*, des clés de *fa*, des *si* et des bémols.
Nous jouons et nous chantons tout le long de la route.
Les gens applaudissent, nous prennent en photo
et lancent des confettis.

Quand nous arrivons à l'hôtel, le silence règne.
Comme si on avait fait une grosse bêtise.

Nous avançons telles trois petites souris devant un éléphant gris.
Complètement aplatis.

Surprise :
le directeur nous accueille à bras ouverts.
« Magnifique ! Bravo ! Toute la ville
ne parle que de vous et de votre spectacle ! »
La princesse Fadièse jette ses moufles en l'air.
« Quel est le nom de cette musique
enchanteresse qui me veloute l'oreille ?
– *Concerto pour harpe, chat et poney* ! »
je dis sans trembler.

Hector, soulagé, dessine des huit avec sa queue.
Honoré hennit de joie.
Et moi ? Je rougis, dites-vous ? Pas du tout.
Je souris, je m'incline et je joue.

Où était caché l'intrus ?